Palavras de acordar poesia

Editora Appris Ltda.
1.ª Edição - Copyright© 2024 da autora
Direitos de Edição Reservados à Editora Appris Ltda.

Nenhuma parte desta obra poderá ser utilizada indevidamente, sem estar de acordo com a Lei nº 9.610/98. Se incorreções forem encontradas, serão de exclusiva responsabilidade de seus organizadores. Foi realizado o Depósito Legal na Fundação Biblioteca Nacional, de acordo com as Leis nos 10.994, de 14/12/2004, e 12.192, de 14/01/2010.

Catalogação na Fonte
Elaborado por: Dayanne Leal Souza
Bibliotecária CRB 9/2162

G633p 2024	Gomes, Marcia
	    Palavras de acordar poesia / Marcia Gomes. – 1. ed. – Curitiba: Appris, 2024.
	    48 p. : il. color. ; 23 cm.
	
	    ISBN 978-65-250-6339-3
	
	    1. Literatura infantil. 2. Poesia. 3. Infância. I. Gomes, Marcia. II. Título.
	
	                                                          CDD – 028.5

Editora e Livraria Appris Ltda.
Av. Manoel Ribas, 2265 – Mercês
Curitiba/PR – CEP: 80810-002
Tel. (41) 3156 - 4731
www.editoraappris.com.br

Printed in Brazil
Impresso no Brasil

Marcia Gomes

Palavras de acordar poesia

Artêrinha

Curitiba, PR
2024

FICHA TÉCNICA

EDITORIAL	Augusto Coelho
	Sara C. de Andrade Coelho
COMITÊ EDITORIAL	Marli Caetano
	Andréa Barbosa Gouveia - UFPR
	Edmeire C. Pereira - UFPR
	Iraneide da Silva - UFC
	Jacques de Lima Ferreira - UP
SUPERVISOR DA PRODUÇÃO	Renata Cristina Lopes Miccelli
REVISÃO	Arildo Junior
	Nathalia Almeida
PRODUÇÃO EDITORIAL	Adrielli de Almeida
PROJETO GRÁFICO	Elis Soares
REVISÃO DE PROVA	Jibril Keddeh

À minha família, raiz e asas de toda poesia.

Apresentação

Tenho para mim que o trabalho de poetas e poetisas não é fazer poesia. A poesia está pronta, nasceu com o mundo e se encontra adormecida em toda a gente, em todas as coisas. Ela sonha profundamente. Até que outros sonhadores se encantam com os sentidos da pedra, os mistérios da lua, os caminhos de um pensamento que se faz chuva, e se dedicam a dar forma, alma, nome para aquela pequenina impressão que lhes tira do lugar, usando a palavra como um instrumento que, ora sussurra aos ouvidos, ora sacode freneticamente aquele corpo-descoberta, que se forma no despertar da arte.

É assim que se criam os poemas. Poemas são pontes para a poesia, que, uma vez despertada, dedica-se a acordar quem lê, quem escuta, amanhecendo de vez a vida. E foi desse jeitinho que nasceu este livro, de um esbarrar com a poesia cotidiana, de uma sensação, um pensamento, um assombro, que carecia de se fazer palavra para se expressar.

Logo, os poemas que aqui se encontram passeiam por um divertido percevejo, que percebo-vejo em cada esconderijo, passando pela doçura das brincadeiras de criança, a tristeza de quem sofre bullying, a alegria do circo, as lições da pedra, o medo que, por vezes, faz morada em nós.

Este livro de versos ofertados à infância é, enfim, um convite à imaginação, ao encantamento, à reflexão, à sensibilidade, evocados por palavras brincantes, que anseiam por tirar do lugar e acordar a poesia em cada um de nós.

PERCE(VEJO)

Eu não vejo o percevejo
nem de perto, nem de longe.
E daí se eu não o vejo?
De mim, ele não se esconde.

Pelo tato, sei sua forma,
pelo cheiro, seu odor,
que libera como norma
pra afastar o predador.

Se percevejo fosse grilo,
eu até tampava o nariz.
Da cantoria sou filho,
e chuva me deixa feliz.

PRA ONDE FOI O NÃO?

Quer mais pudim?
Sim, sim!
E bala de hortelã?
Hum, aham.

Quer mais certezas?
Com a sobremesa.
As outras foram para a rua!
E eu na lua?
Quero parar na sua.

Não seja omisso,
Tem seis compromissos
Te esperando.

Conte comigo,
O ócio é castigo,
Já vou trabalhando.

Quer mais suco?
E eu tô maluco
de recusar?

Enche esse copo,
Eu quero, eu topo,
Não posso parar.

Se seus amigos se jogarem da ponte,
Você também irá?
Quando eles vão?

Calma, atenção!
Ah, pra onde foi o não?

SEM DAR BANDEIRA

Um gato a desenovelar
reveses vida afora
encontrou, numa canção,
uma andorinha senhora.

–– À toa, à toa ––
ela lamentava.
O gato concentrado
nem atenção lhe dava

–– À toa, à toa ––
repetiu, suspirando.
–– Então, venha me ajudar ––
irritou-se o bichano.

A ave estirou os olhos,
era fio que não acabava mais.
–– À toa, à toa,
assim tá bom demais.

TININHA

Tininha não via,
mas há quem jurasse que via.
Era cega,
e o mundo à volta sentia.
E brincava
de tudo na rua com ousadia.
Se quisesse ajuda,
como qualquer pessoa, pedia.

A menina gostava mesmo
de pique-pega.
E corria, caía, pulava
como os colegas.
Pulava corda, brincava em
balanço e escorrega.
Tudo é alegria
quando a amizade é regra.

Na escola,
lia e escrevia em Braille.
Sem tirar cola,
nas notas dava um baile.
De Português,
era o que mais gostava.
E os porquês
na vida ela salpicava.

Nunca aceitava
um não sem questionar.
Não deixava
ninguém a subestimar.
Pois Tininha
sempre soube quem era.
E na vida
sabia ser flor e ser fera.

DOÇURA

No meu quintal cabe o mundo,
sou astronauta no mesmo segundo
em que enfrento terrível vilão
de capa, espada e canhão.

Boneca, bola, pique-pega,
pular corda, eu sei, ninguém nega
que infância é brincadeira,
bandeirinha, dança das cadeiras.

O relógio se esquece da vida,
mas mamãe tem uma saída:
quando chega a hora de entrar,
um bolo quentinho começa a cheirar.

E logo o estômago grita,
e a gente se agita, se agita
e não há quem de fato resista
de doçura, ela é especialista.

ESTAÇÕES

Verão ou não verão?
O sol já vai nascer,
vai dar praia de montão,
muita água vou beber.

O outono amarela
as folhas e os sorrisos.
O vento toca a janela
e leva o meu juízo.

O inverno agasalha
as noites e os dias.
Um abraço não falha,
conforta as horas mais frias.

Ah, primavera, quem dera
que me emprestasse sua beleza!
Tantas flores à espera
e eu aqui numa certeza:

As quatro estações do ano
marcam com sabedoria
o tempo e os seus planos
de viver em harmonia.

A NUVEM CHEIA DE SI

Pensou

P

E

S

O

U

Penou...

Até que se fez chuvisco

E seus pesares   d

                e

                s

                p

                e

                j

                o

                u

                  plic... plic... plic..

CA
BU
M
Chuáááá!!!!

A tempestade sempre vem...
A bonança há de esperar.

O CACHORRO

O cachorro late, late,
Pedindo por atenção.
E você passa direto,
Tenha mais educação!

Ela abana o rabinho,
Cumprimenta meio mundo.
E você aí, ranzinza,
Não lhe dedica um segundo!

O cachorro late, late,
E só ganha impaciência,
Chutes, gritos, desaforos,
Mas conserva a inocência.

E logo volta a doar
Muito amor e simpatia.
Pobre cão abandonado,
Amigo nas horas vazias.

DE QUEM É A CULPA?

Não choro à toa,
Só quando a vida magoa.
Não brigo, ué!
Só quando me pisam o pé.
Não faço gracinha,
Só quando dão risadinha.
Não perco a cabeça,
Só quando dizem: esqueça!
Não perco o sono,
Só quando se acham meus donos.
Não te aguento mais!
Só quando um carinho me faz.
Não te peço mais nada!
Só quando estou enrascada.
Não mudo de ideia,
Só quando já está velha.
Não sou contraditória,
Só quando a vida é história.
Não me deixem maluca!
Afinal, de quem é a culpa?

AMANHÃ

Foi-se embora o amanhã...
Meu Deus, quando é que ele volta?
Vou me esconder entre as nuvens
E esperar como gatinha,
Espiando a andorinha
A bicar o tempo na areia.

Quero pegá-lo num pulo,
Mas exercito a paciência,
Quando a lua ganha o céu
Eu penso com certa inocência:
Já já vem o amanhã,
Mas cansada, eu cochilo.

E mais uma vez o dia,
danadinho, me passou a perna
Perdi essa batalha
E não quero saber de guerra.
O hoje que me valha,
O amanhã fica pra depois.

A LUA

A lua, a lua, a lua, a lua,
é ela!
Tão minha, tão sua, tão nua,
à nossa janela.
A rua, a rua, a rua
não é mais aquela.
O cinza furtou só as cores
da minha aquarela.
E agora da torre de amores
de um qualquer castelo,
A lua, a lua, a lua
é só o que eu quero.

BULLYING

O despertador esperneia,
Madrugada chegou.
O menino vira de lado,
Finge que não escutou.

A mãe hesita em chamar,
Finge que não reparou.
Espera mais vinte minutos,
O tempo mal respirou.

Seus olhares se encontram
E o disfarce cai por terra.
Ele levanta contrafeito,
Seu peito sempre em guerra.

No caminho, uma saudade,
Como gostava da escola!
Quando tudo o que temia
Eram apenas as provas.

Hoje ele sente medo
Dos colegas que o perturbam.
De graça, por graça,
Corpo e alma esmurram.

O menino não quer mais
Ir para a escola!
O menino não quer mais
Ir para a escola...

MENINOS E MENINAS

Quem foi que disse que menino não chora?
Menino chora quando der na telha.
A mãe brigou, porque foi mal na prova,
Se machucou e a dor não é alheia.

Quem foi que disse que menina não joga
Bem futebol ou o quer que seja?
Que tem que trocar luta por ioga
E não pode ser aquilo que deseja?

Quem foi que disse que menino veste azul
E que menina precisa de rosa gostar?
As tintas da vida vão de norte a sul,
Todos podem se vestir de amor e mar.

Quem foi que disse já não importa mais,
O que é preciso é dar voz às crianças
E o preconceito ficará pra trás
Não há lugar para intolerância.

HOJE TEM MARMELADA!

Quantas piadas cabem numa risada?
Cinco palhaços já ensaiam os passos
de uma dança em que balançam a pança,
dão uma voltinha, pulam amarelinha.

Quantos sorrisos nos roubam o juízo?
Seis trapezistas de onde se avista,
com alegria fazem estripulias
voando, voando sós ou em bando.

Respeitável público, a alegria é o núcleo
da vida circense, que o tédio não vence.
O mágico não faz hora com sua cartola
e em meio segundo reinventa o mundo.

SER PEDRA

Como acordar uma pedra?
Um dos mistérios do mundo.
O pensamento em queda
leva ao chão doze segundos.

Fiz e refiz minha lição
e muito pouco aprendi,
esqueci o coração
e até de mim me perdi.

Tanto faz quem vença aqui,
se ali é que se ganha.
Só a pedra que não ri
traz a perda de uma chama.

Mas criança é bicho bom,
que sabe passar as horas.
Se estiver fora do tom,
construa nova história.

RIMAS EM FUGA

A rima fugiu pelo poema,
quem me ajuda a encontrar?
Detetives, entrem em cena
para os versos ordenar:

Um verso fugiu pra cozinha
A vida é de quem vive
Para onde foi o segundo?
Tentando esconder-se de si.
Sair para rir e bailar.
O outro brinca no quintal,
Ah, esse caiu no mundo!
Para comer empadinha.
E a poesia se colhe no vento.
Os versos correm por aí
Mas não lhes queiram mal.
A poesia precisa arejar,
Então, deixem os versos livres!
As quimeras se perdem no tempo.

POEMA DE BRINCAR

Brincar de poesia é assim:
Eu te dou alguns versos,
Você completa pra mim.

Não diga que não,
Você maltrata
Meu ....

Espera aí,
Não sei se quero estar
Aqui ou ....

Faça o que fizer,
É preciso ter cabeça
E ....

Guarde um segundo
Pra fazer do verso
O seu ....

Meu sonho não disfarço.
Minha vontade é forte
Igual ....

Me conceda essa dança,
Brinque com a rima
Um poema nunca ....

UMA PARTIDA

No campinho de terra, as
traves marcadas com velhos chinelos.
Pés descalços chutam a bola em busca de gols
bem singelos. Meninos e meninas, entre dribles e
passes e tombos, atravessam o campo, estão ombro a
ombro, até que um atacante arrisca e pronto. A bola não
enrola, segue o rumo certeira, mas a goleira salta, felina,
em busca da presa. Ela vai com destreza e sorri com sua
bela defesa. Ao atacante, surpreso, só o lamento resta.
Não foi dessa vez e os adversários é que fazem a festa.
Mas logo todos voltam a passes trocar e é um tal de
chuta dali e outro arrisca daqui e acolá. Os goleiros
saltam e se esticam, nunca deixam de tentar,
mas no fim, o destino do jogo é gritar:
É gooooooooooolllllll!!!!!!!!

IMAGINAÇÃO

Minha cabeça está aqui
e não está
Como um foguete ganha o espaço
estelar.

E logo me perco
a me aventurar
por caminhos, histórias de terra
e de mar.

Eu luto, danço, fantasio
em segundos
quando sou quem eu quero ser
neste mundo.

Um grito aqui, um cutucão
acolá
a contragosto fazem minha mente
ancorar.

(Minha cabeça está aqui
e não está...)

DÓ RÉ MI FÁ

Sabrina menina
Sabia cantar,
Seguia a vida
Igual sabiá.
Dó, ré, mi, fá, fá, fá.

Não esmorecia,
Mantinha a fé,
Quando diziam
Isso não dá pé.
Dó, ré, dó, ré, ré, ré.

Sabrina estudou,
Sabia de si.
O seu coração
Estava ali.
Dó, sol, fá, mi, mi, mi.

A vida é encanto
E do seu cantar
Sabrina fez arte
Pro mundo ganhar.
Dó, ré, mi, fá, fá, fá.

MEDO DO MEDO DO MEDO

Era uma vez um medo
Que morava num coração,
Tão longe, tão em segredo
Que não chamava a atenção.

Todo dia alimentado
Com os mais tristes pensamentos,
Foi ficando abastado
E, com um grito tremendo,

Cresceu, cresceu, cresceu
E logo se multiplicou.
Eram agora tantos medos
Que ninguém mais aguentou.

De tudo, de todos, de nada,
Absurdos, monstros e fadas:
O medo do medo do medo.
Para enfrentá-lo, capa e espada

Não bastavam, não bastavam!
Luzes acesas não o espantavam!
Socorro, socorro, socorro!
Então, os corações pararam

Por mais de um segundo,
Só para ouvirem o mundo,
E calhou de se ouvirem
E se verem e rirem

De si mesmos, tão alto,
Que sem sobressalto,
Perceberam que o riso
Também mantém o juízo,

Que alegria afasta o mal
E ponto final.

BARCO DE PAPEL

Entre silêncios,
eu sou a chuva
no telhado.

Barcos de papel
agora navegam
de lado.

Vai, meu barquinho,
veja o mundo
e me conte.

Num dia de sol,
eu vou ganhar
meu horizonte.

NOSSO SHOW

Faz tum tum meu coração,
quando eu ouço toc toc.
Abro a porta e uma canção
traz um amigo a reboque.

E eu toco bam bam bam,
ele canta trá lá lá.
A alegria nunca é vã,
pois foi feita pra dançar.

Tique-taque, vai o dia,
toca aí pra terminar.
Bem mais lenta melodia,
eis a noite a nos ninar.
Zzzzzz.

CANÇÃO DE NINAR

Não posso ver seus olhos molhados
Na escuridão,
Nem posso consolar a dor oculta
No coração.

Mas escrevi esta canção pra te ninar,
Dorme agora, esquece o impossível.
Nos seus sonhos, você pode encontrar
Realidade mais incrível.

E quando o sol nascer,
Prepara o seu olhar,
A vida se apresenta com mais cores.

Há sempre uma razão
Para continuar,
Há sempre mais amores.

Escrevi esta canção pra te ninar,
Sei que a vida dói demais, meu bem.
Dorme agora, deixa a noite te ajudar,
Fecha os olhos que o sono já vem.

Escrevi esta canção pra te ninar,
Dorme, meu bem.
Escrevi esta canção pra te ninar,
O sono já vem.

Sobre a autora

Marcia de Oliveira Gomes nasceu antes do raiar do dia, numa madrugada enluarada, já querendo fazer poesia e foi-se descobrindo poetisa ao longo dos anos, lendo livros, lendo o mundo, rabiscando pensamentos e sensações. Enamorou-se tanto das palavras que se formou em Letras. Tornou-se escritora, professora e pesquisadora, cuidando de fazer literatura e de discutir sobre essa arte e a língua mãe na qual escreve. Assim, é doutora em Letras pela Universidade do Estado do Rio de Janeiro (UERJ), especialista em Literatura Infantil e Juvenil pela Universidade de Caxias do Sul (UCS) e especialista em Tradução Audiovisual Acessível/Audiodescrição pela Universidade Estadual do Ceará (UECE). Professora da rede pública do Rio de Janeiro, leciona no Instituto Benjamin Constant, especializado em Deficiência Visual. Em sua jornada literária, destacam-se a publicação de Cortesia da luz, pela Kalytek Editora, Se essa lua fosse minha, pela Editora Voz de Mulher, O Rato Alfaiate, pelo Instituto Benjamin Constant, e Versos de chuva, pela Letras e Versos.